Mark Sarg

Die Frühlingsleiche

Mark Sarg

Die Frühlingsleiche

Bizarre Kurzgeschichten

Goldene Rakete Verlag für Belletristik

Imprint
Any brand names and product names mentioned in this book are subject to trademark, brand or patent protection and are trademarks or registered trademarks of their respective holders. The use of brand names, product names, common names, trade names, product descriptions etc. even without a particular marking in this work is in no way to be construed to mean that such names may be regarded as unrestricted in respect of trademark and brand protection legislation and could thus be used by anyone.

Cover image: www.ingimage.com

Publisher:
Goldene Rakete Verlag für Belletristik
is a trademark of
International Book Market Service Ltd., member of OmniScriptum Publishing Group
17 Meldrum Street, Beau Bassin 71504, Mauritius
Printed at: see last page
ISBN: 978-620-0-51929-0

INHALTSVERZEICHNIS

DER HEILIGE BENEFUZIUS ... 3

DER PAPST ALS MEERSCHWEINCHEN ... 4

DIE BEIDEN BRÄUTE ... 5

DIE BEIDEN BARONE ... 6

DIE GALANTE LEICHE ... 7

DAS SCHMUCKE KLEIDCHEN ... 8

DER HERR MIT DEM HOHLKREUZ ODER

DIE ERBVERSCHLEIERUNG ... 9

DIE TRAURIGE NONNE ... 10

DER PAPST ALS MALZKAFFEE ... 11

DER PAPST ALS SCHMALZKAFFEE ... 12

DIE HEILIGE LEICHE ... 13

DIE DEKADENTE LEICHE ... 14

IM STRÖMENDEN REGEN ... 15

DIE ALLTAGSLEICHEN ... 16

DIE FESTTAGSLEICHE ... 17

DIE CHARMANTE REBLAUS ... 18

DIE SCHMUCKE MADONNA ... 19

DIE MODISCHE NASE ... 20

DIE AUFFÄLLIGE KRAWATTE ... 21

DIE EDLE MAID ... 22

DER PÄPSTLICHE FANDANGO 23
DIE HÜBSCHE FEE 24
DER PAPST ALS LUFTKURORT 25
DER PAPST ALS PFERDEMIST 26
DAS SCHMUCKE MÄNNCHEN 27
DAS HURTIGE FRÄULEIN 28
DER PAPST ALS MALZKARTOFFEL 29
DER PAPST ALS SCHMALZKARTOFFEL 30
DER PAPST ALS SALZKARTOFFEL 31
DER PAPST ALS PELLKARTOFFEL 32
DAS ZERLUMPTE FRÄULEIN 33
DAS GRABMONSTER 34
DIE LEICHE AUF ABRUF 35
DER PAPST MIT DER GASMASKE 36
DAS FROMME MÄUSCHEN 37
DER KOPF AUS DEM MÜLLEIMER ODER
DIE KOSTENGÜNSTIGE BESTATTUNG 38
DER SARGTROTTEL 39
ÜBERSPANNTER WAGEMUT 40
DIE FRÜHLINGSLEICHE 41
DIE HERBSTLEICHE 42
DER PAPST ALS SCHNÄUZTUCH 43
DER GALANTE TOD 44

DER HEILIGE BENEFUZIUS

Bischof Anselmo Grauschleier benötigte dringend eine Attraktion zur Eröffnung der neuen Kirche.

In seiner Not – und weil der Zweck ja angeblich die Mittel heiligt – wurde er schließlich in einem alten Vergnügungspark fündig, wo er sich aus einer aufgelassenen Geisterbahn die gelungenste Attrappe schnappte und sich daraus den „heiligen Benefuzius" zurechtschneiderte – der alsdann in einer kostbar verzierten Glasvitrine sein bleibendes Quartier fand.

Höchst überflüssig, zu bemerken, dass der Schwindel bis ***heute*** nicht aufflog.

Ganz im Gegenteil pilgern jährlich ***mehr*** Gläubige nach Schleimhausen – das mittlerweile sogar von Papst Schleifsack dem Rührigen zum ***Wallfahrtsort*** geadelt wurde.

DER PAPST ALS MEERSCHWEINCHEN

Inmitten des Meeres der göttlichen Liebe als ***Schwein*** aufgehoben und behütet – so weit wollte der zu erstaunlicher Selbstreflexion fähige Papst Pfauschnabel der Gewandte aufgrund der leider höchst unerfreulichen und ungerechten Konnotationen dieses Begriffes denn doch nicht gehen.

Als Meer***schweinchen*** freilich ließ es sich wahrhaftig ***gut*** leben!

Aber sogar mit dieser ***bescheidenen*** Variante dürfte er wohl bis heute ***allein*** dastehen.

DIE BEIDEN BRÄUTE

Just am Tage ihrer Hochzeit verliebten sich die beiden Bräute Arlettina Winterjack und Madeleine Hafersack bei der zufälligen Begegnung in der Kirche ineinander.

Gerade noch rechtzeitig ließen sie die von den vorausplanenden Eltern „fürsorglich“ bestimmten, doch ungeliebten Gatten Leonardo Dorfpump und Dagobert Herzlump zurück – womit sie schlimmes Unheil für ***alle*** Beteiligten verhinderten.

Und dass sie von den empörten Eltern daraufhin verstoßen und enterbt wurden, konnte ihrem Glücke auch keinen allzu großen Abbruch mehr tun.

DIE BEIDEN BARONE

Baron Matthieu von Rotzkopf und Baron Ottomanius Brummschädel, die einander nur vom Hörensagen kannten, waren sich zu Lebzeiten immer geflissentlich aus dem Wege gegangen.

Drüben nun trafen sie doch noch zusammen und erfuhren jetzt endlich den Grund ihrer früheren Distanziertheit: Sie hatten sich beide wegen ihres hohen Standes für ***hochnäsig*** erachtet!

Der Adel scheint sich also selber suspekt …

DIE GALANTE LEICHE

Noch als Leiche war Hofrat Florentino Schaumsack ***überaus*** galant.

Er küsste jedermann die Hand – auch wenn er dies partout nicht haben wollte – und zog vor jedem, der davonlief, respektvoll seinen Hut.

Den er ausschließlich nachts im ***Sarge*** ablegte. Aus nobler ***Hochachtung*** vor seinem Gastgeber!

DAS SCHMUCKE KLEIDCHEN

Sir Wildcock lief in einem schmucken Kleidchen umher –
und tat sich erstaunlicherweise mit einer Erklärung schwer.

Ein genauer Blick in seinen Schrank hätte ihm indes verraten –
dass seine ***übrigen*** Klamotten nicht ***annähernd*** so wohlgeraten!

DER HERR MIT DEM HOHLKREUZ ODER

DIE ERBVERSCHLEIERUNG

Wegen seines etwas eigenwilligen Ganges als „Herr mit dem Hohlkreuz" apostrophiert, war der Rücken von Monsieur Déjàvu Schlauschädel indes alles andere als hohl.

Hatte er sich hier doch seine erlesene ***Diamantensammlung*** implantieren lassen, damit sie vor seinen Erben sicher war!

Denn dass jene im Sarge nachsehen würden, bis die kostbaren Steine auf natürliche Weise wieder zum Vorschein gekommen waren, hatte er – völlig zu Recht – kategorisch ausgeschlossen.

Dennoch ist diese Methode der Erbverschleierung nur sehr bedingt zu empfehlen und jedenfalls reine Geschmackssache …

DIE TRAURIGE NONNE

Schwester Notburga Nothgeburth war ihr ganzes Leben lang traurig – weil sie eine ***Nonne*** war.

Und im darauffolgenden Leben war sie dann tiefbeglückt und heiter – weil sie ***keine*** Nonne mehr war.

DER PAPST ALS MALZKAFFEE

Passionierter Kaffeetrinker, war sich Papst Wollhirn der Flaumige gleichwohl der latenten Gefahr bewusst, durch die anregende Wirkung des Coffeins möglicherweise eines höheren Grades an Erleuchtung und Einsicht gewahr zu werden – was nach kirchlicher Lehre den Erdenbürgern strikt ***untersagt*** ist.

So behalf er sich eben – um stets auf der „sicheren" Seite zu bleiben und seinen Geist vor unnützen Herausforderungen zu schützen – mit ***Malz***kaffee.

Und war damit zeitlebens so erfolgreich, dass er sich in seinem Vermächtnis sogar selber als „heiligen Malzkaffee" offerierte: durch Rösten und Mahlen seiner Gebeine.

Inwieweit sich dann jemand zum ***Genusse*** verlocken ließ, ist indes leider nicht überliefert.

DER PAPST ALS SCHMALZKAFFEE

Herkömmlicher Kaffee – wie gut auch immer – sei letztlich bloß etwas für Banausen, verrät Luzifer gerne, wenn er sich in anregender Gesellschaft befindet.

Dementgegen schwöre ***er*** auf ein Geheimrezept: Sooft ein neuer Papst bei ihm einlange, werde er sorgfältigst – unter ***Beibehaltung*** aller Bitterstoffe – geröstet und gemahlen und hernach zu einem wahrhaft „göttlichen" Getränk gebraut, das als Tüpfelchen auf dem i noch ein klein wenig Schmalz erhalte, damit es ***nahrhafter*** ausfiele.

Es bleibt wohl nur zu hoffen, dass diese Rezeptur auch ***weiterhin*** „geheim" bleibt …

DIE HEILIGE LEICHE

Eine Leiche in einem Glassarg im erzbischöflichen Palais war so „heilig", dass sich wahrlich ***niemand*** sie zu untersuchen traute.

Hätte sich freilich dennoch jemand hierzu erfrecht – wäre ihm mit gebührendem Staunen aufgefallen, dass sie lediglich aus ***Pappmaché*** bestand!

So oder ähnlich dürfte es sich wohl mit gar nicht ***wenig*** „Heiligen" verhalten …

DIE DEKADENTE LEICHE

Die verblichene Hofrätin Adelina Schrumpfschädel war so dekadent, dass sie Ehrwürden Willibald Graublau nach der Grabrede begeistert hinten hineinschlüpfte – und anschließend für ***ihn*** den Nachruf hielt!

IM STRÖMENDEN REGEN

Sich im strömenden Regen
frei und entspannt zu bewegen,
war für Sir Max der ***größte*** Segen.

Denn bei einem Sturz im ***Sonnenschein***
brach er sich tragischerweise ein ***Bein***!

DIE ALLTAGSLEICHEN

Miss Angolina Sparrüssel legte immer größten Wert darauf, als ***Friedhofs***leiche betrachtet zu werden – um sich gebührend abzuheben von den ordinären ***Alltags***leichen, als die sie die sogenannten „Lebenden“ bezeichnete.

Welche eben noch ***nicht*** den notwendigen Reife- und Entwicklungsgrad erreicht hätten, um zu erkennen, dass auch sie im Grunde bereits Leichen waren …

DIE FESTTAGSLEICHE

Einmal im Jahr, an ihrem Todestage, fühlte sich Comtesse Bernadette Springstrumpf ganz als ***Festtags***leiche und bejubelte ihre ***Lossagung*** von der Welt auf einer rauschenden Party mit sämtlichen Friedhofsinsassen.

Und ihre hinterbliebene Verwandtschaft feierte daheim jedes Mal enthusiastisch mit …

DIE CHARMANTE REBLAUS

Eine charmante Reblaus
lebte in Saus und Braus.

Wäre sie ***weniger*** charmant gewesen –
hätte man ***kaum*** beglichen ihre Spesen!

DIE SCHMUCKE MADONNA

„Welch schmucke Madonna!“, seufzten ehrfürchtig jene Gläubigen, die sich im Dome zu Krautgurk vor einer besonders gelungenen Marienstatue zum Gebete niederließen.

Um auf dem Höhepunkte ihrer Andacht vom plötzlich herausspringenden ***Satan*** „gesegnet“ zu werden.

Dem Teufel ist eben wahrlich ***nichts*** heilig. Und schon gar nicht, was sich in einer ***Kirche*** befindet!

DIE MODISCHE NASE

Hofrat Ottilio von Armleuchts Base
besaß eine überaus ***modische*** Nase:

Sie twitterte sich um Kopf und Kragen –
ohne ihre Herrin um Erlaubnis zu fragen.

Und als ihr jene dies endlich verbot
– waren ohnehin ***beide*** längst tot!

DIE AUFFÄLLIGE KRAWATTE

„Was hältst bloß du von ***der*** Krawatte?“, staunte Lord Hugo Bauchstrumpf, als ihm und seiner Gemahlin Sir Lobster Magerweh mit einem überaus ***auffälligen*** Stück auf der Straße entgegenkam.

„Hast du denn gar nicht bemerkt, dass er ansonsten völlig ***nackt*** ist?!“, wunderte sich Lady Myrtle.

„Ach ***da***rum!“, erkannte er nun schlagartig, „So will er von seinem Mangel ***anderswo*** ablenken!!“

DIE EDLE MAID

Eine überaus edle Maid
hatte sich ***selber*** gefreit.

Als sie aber gar nicht zu sich ***passte*** –
sie schleunigst die ***Mitgift*** verprasste!

DER PÄPSTLICHE FANDANGO

Jeden Abend genehmigte sich, an der Gitarre begleitet von Sekretär Pasquale Mundsack, Papst Lerchgack der Fröhliche einen stürmischen Fandango mit Kastagnetten – zum Lohne dafür, dass er sich „selber“ treu geblieben war.

Hätte er freilich schon zu Lebzeiten erkannt, dass er damit lediglich sein hoffnungslos verzopftes ***Amt*** im getreulichen Geiste der unzähligen ***Vorgänger*** meinte – wäre ihm wohl eher nach einem bleiernen ***Trauermarsch*** zumute gewesen …

DIE HÜBSCHE FEE

Eine hübsche Fee traf auf eine hässliche.

Ob dieses Kontrastes verliebten sich die beiden augenblicklich ineinander – wodurch die Letztere allerdings ***gleichfalls*** zu – bis dahin verborgener – Schönheit erblühte.

Nunmehr ernsthafte Konkurrentinnen, trennten sie sich schleunigst wieder – ehe ihre Liebe Schaden nehmen konnte.

DER PAPST ALS LUFTKURORT

Je ***höher*** die luftigen Sphären, desto himmlischer und heiliger, dachte Papst Fieberglut der Inbrünstige.

Und da er ja in der geistlichen (und weltlichen) Hierarchie ganz oben stand, ernannte er sich selber zum „göttlichen Luftkurort" – der in die Untiefen der Christenheit „hinabstrahle und -wirke".

Von den ***wahren*** himmlischen „Kurgästen" wurde wohl sicher auch ***diese*** Verstiegenheit mit mildem Schmunzeln und Nachsicht quittiert …

DER PAPST ALS PFERDEMIST

Papst Tollbirn der Verdrehte erwachte in Schweiß gebadet und heftigst erregt. Eben hatte er sich im Traume als überreiche Portion ***Pferdemist*** in einer Allee erfahren!

Doch nahm die Episode gottlob ein beruhigendes und harmonisches Ende – weil ihn der ***Teufel*** genüsslich verzehrte.

Denn da dieser ja wegen des ständigen Papstkonsums bekanntlich ein ***Feinschmecker*** ist – konnte er wohl nicht so übel gemundet haben!

DAS SCHMUCKE MÄNNCHEN

Ein schmuckes Männchen
und ein flottes Hennchen
hatten ein kleines ***Pännchen***
unter dem Weihnachtstännchen:
Es barst das Glühweinkännchen!

DAS HURTIGE FRÄULEIN

Ein Fräulein eilte dauernd hurtig hin und her
– und wusste seinen Namen gar nicht mehr.

Doch konnte es sich darob überhaupt nicht betrüben
– denn dies spielte nicht die ***geringste*** Rolle drüben!

DER PAPST ALS MALZKARTOFFEL

Sich als schlichte Kartoffel zu fühlen, die er im Grunde seines Herzens war, schien Papst Hintersack dem Fortschrittlichen seit dem Antritt seines hohen Amtes absolut unangebracht.

So fügte er ein wenig Malz hinzu – und flugs war sein innerer Anstand gerettet.

Er verabsäumte daher auch nicht, in seinen Memoiren zu betonen, wie viel selbst die ***geringste*** Veränderung bewirken kann!

DER PAPST ALS SCHMALZKARTOFFEL

Nach der begeisterten Lektüre der Lebenserinnerungen seines Vorgängers, Hintersack des Fortschrittlichen, zeigte sich Papst Vordersack der Rückschrittliche vor allem von dessen „Kartoffel-Offenbarung“ zutiefst beeindruckt.

Und da er nach eingehender Selbstreflexion erkennen musste, dass auch er in mancherlei Hinsicht eine „Kartoffel“ war – adelte ***er*** sich nun durch großzügige Zugabe von ***Schmalz***.

Dem er ohnehin seit jeher ganz ***besonders*** zugeneigt war.

DER PAPST ALS SALZKARTOFFEL

Die „Kartoffel-Manie“ seiner Vorgänger nur sehr bedingt teilend, kam Papst Zimtgosch der Forsche nach reiflicher Überlegung mit sich überein, wenn überhaupt, dann nur als ***Salz***kartoffel gelten zu wollen.

Denn ***ohne*** kräftige Würze wäre ihm sein heiliges Amt ***teuflisch*** langweilig erschienen!

DER PAPST ALS PELLKARTOFFEL

Der vierte der legendären „Kartoffelpäpste", Wackelfrosch der Morsche, gedachte dieses rare Kapitel der Kirchengeschichte zu einem überaus würdigen und erlauchten Abschluss zu bringen.

Feierlich fragte er am Ostersonntag die Gläubigen vor dem Petersdom, ob sie ihn wirklich mit der „***Schale***" genießen wollten. Und als sie ihn nur ratlos anstarrten, ***entblößte*** er sich kurzerhand vollständig – damit man endlich die „gesamte" Heiligkeit erfassen konnte.

Doch wie so oft auf der Welt, wurde sein Handeln gröblichst missverstanden – und er landete, seines Amtes enthoben, zur „Läuterung" in einem einsamen Bergkloster.

Wo sein Lieblingsgericht dann Pellkartoffeln mit Sahne war.

DAS ZERLUMPTE FRÄULEIN

Ein zerlumptes Fräulein läutete nachts bei Bischof Angelino Bauchweh. Schlau wie er war, dachte er, die ***Jungfrau Maria*** wolle ihn einer Prüfung unterziehen – bewirtete sie fürstlich und ließ sie anschließend im heiligen Bett schlafen.

Als sie am Morgen immer noch da war, dämmerte ihm, sich gründlich getäuscht zu haben.

Er verfluchte sie, warf sie ohne Frühstück mitsamt dem Bett hinaus – und bat die ***wahre*** Jungfrau inständig um Vergebung, sie derart verkannt und beleidigt zu haben!

DAS GRABMONSTER

Immer nachts wurde ein außergewöhnlich ***schauriges*** Monster auf Friedhöfen gesichtet, welches sich mit Wonne auf den Gräbern wälzte.

„Selber schuld, wer sich um diese Zeit dort herumtreibt!“, verurteilten die Leute dessen „Unsitte“, sobald jemand mit dem Schrecken davongekommen war.

Als Folge aber sind seither Friedhöfe nur noch ***tagsüber*** geöffnet.

Hoffentlich hält sich das Monster auch ***weiterhin*** an diese Zeiteinteilung …

DIE LEICHE AUF ABRUF

Lord Percy wartete eine ganze ***Weile***,
bis es ihn vielleicht ***doch*** noch ereile.

Als der ersehnte Ruf aber dann ***endlich*** erfolgt war –
zog es ihn ***schleunigst*** hinüber, mit Haut und ***Haar***!

DER PAPST MIT DER GASMASKE

Um sich vor dem permanenten Schwefelgeruch – scheinbar bedingt durch die Dauerpräsenz Satans im Vatikan – zu schützen, lief Papst Knautschhirn der Schmucke prinzipiell nur mit Gasmaske umher.

In Wahrheit rührte das Odeur natürlich von ihm selber und den Kardinälen her! Denn Luzifer vermag sich selbstverständlich nach ***Belieben*** zu parfümieren, um unerkannt zu bleiben.

Zutiefst beleidigt ***bewies*** er dem Dreistling beim späteren Empfang daher ausgiebig, was ***wahrer*** Teufelsgestank ist!

DAS FROMME MÄUSCHEN

Ein frommes Mäuschen
saß auf dem Häuschen
in einem Kartäuschen[1].

Da erschien unfromm ein Läuschen
und beichtete ihm seine ***Fläuschen***.

Empört machte die Bedrängte dem Banäuschen[2]
sogleich im Namen des Herrn das Garäuschen[3]!

---

[1] Verkleinerung von *Kartause* (Kloster)
[2] Verkleinerung von *Banause*
[3] Verkleinerung von *Garaus*

DER KOPF AUS DEM MÜLLEIMER ODER

DIE KOSTENGÜNSTIGE BESTATTUNG

„Dieses Mannsbild schafft es doch tatsächlich bis ***zuletzt***, dass ich ständig hinter ihm herräume!“, seufzte Mrs. Gwendolyn Papstfee verdrossen, als beim Entleeren des Mülleimers der Kopf von Gatte Buckley herausrollte – der versehentlich „unbearbeitet“ dort hineingelangt war.

Denn nach dem Freitod des Hochverschuldeten hatte sie zwecks Einsparung der Bestattungskosten beschlossen, seine Teile lieber getrennt und auf Raten zu entsorgen – ehe sie ihn dann als „entlaufen“ den Behörden meldete.

DER SARGTROTTEL

„Bin ich denn ein ***Trottel***, dass ich in einem ***Sarg*** hause?", fragte sich immer wieder Amtsrat Grillettino Aufschäumer, bis er sich schließlich – um sich der Antwort zu entschlagen – verbrennen und in einer Urne beisetzen ließ.

Wo er sich prompt bald darauf als „Urnentrottel" fühlte.

Und als er endlich neu geboren ward, konnte er der Macht der Gewohnheit wegen nicht umhin, sich nun gar als „Lebenstrottel" zu titulieren.

Der Gute litt offenbar an einem höchst ambivalenten, um nicht zu sagen gestörten Selbstverständnis – womit er allerdings ganz sicher nicht ***alleine*** steht …

ÜBERSPANNTER WAGEMUT

Sooft Signor Amandino Feinlump eine Kreuzung bei Rot überquerte, weil er weit und breit kein Fahrzeug sah, wunderte er sich ein bisschen, dass ihm die brav am Bürgersteig ausharrenden Fußgänger ob seines Wagemuts begeistert ***applaudierten***.

Dadurch angespornt in seinem Ehrgeiz, gedachte er dies auch mal bei ***Verkehr*** zu versuchen – wurde jedoch leider gleich vom ersten Wagen angefahren.

Und statt des erhofften ***vermehrten*** Beifalls obendrein noch ***ausgebuht***!

DIE FRÜHLINGSLEICHE

Miss Daisy Saugnapf war im Frühling von der Welt gegangen – weswegen sie sich als „Frühlingsleiche“ fühlte.

Und als sie im Herbst wiedergeboren wurde, nannte sie sich folgerichtig „Herbstkind“.

Schon in banger Erwartung, dass sie dann später vermutlich eine „***Winter***leiche“ würde …

DIE HERBSTLEICHE

Für den seligen Graf Lobster Junggefreit
war der ***Herbst*** die schönste Jahreszeit –
denn da war der ***Frühling*** nicht mehr weit!

DER PAPST ALS SCHNÄUZTUCH

In der schmerzhaften Annahme, dass sich Gott der Gerechte über die Irrwege und Plagen der Menschheit von früh bis spät die „Augen ausheule“, konnte es Papst Hochblut der Fanatische kaum ***erwarten***, ihm dereinst mit Entzücken als heiliges Schnäuztuch beizustehen.

Und verabsäumte vor lauter „demütiger Vorfreude“ ganz, die Ursachen des Leides gerade auch in der ***Religion selber*** zu suchen.

So fällt gewiss nicht zu erraten schwer, wem er dann ***tatsächlich*** als „Lieblingstaschentuch“ diente …

DER GALANTE TOD

„Darf ich Sie hinüber geleiten, mon cher?“, erkundigte sich galant der Tod bei Vicomte Silvère Himmelsack, nachdem er sich ihm mit Handkuss vorgestellt hatte.

Wer hätte ***da*** schon zu widerstehen vermocht?

Printed by Books on Demand GmbH, Norderstedt / Germany